착한 밥상

착한 밥상

김맹선 시집

모아북스
MOABOOKS

인생이 지루하거나 우울한 사람 있거든 김맹선 시인의《착한 밥상》을 보십시오. 정신이 번쩍 빛을 발하는 부지런하면서 우직할 정도의 생명력을 보게 될 것입니다. 아니, 느끼게 될 것입니다.

생활의 활력이 페이지마다 흐르고 생에 대한 집착과 사랑이 있으면서 눈물겨운 생명 불꽃이 타오르고 있습니다. 그의 무거운 펜의 리듬 속에 흐르는 시심은 결코 가볍지가 않습니다. 감동이 있고 공감이 흐릅니다.

"안으로 잠기는 슬픔의 뿌리들이 그늘진 향기를 말아 올리면 맑은 영혼이 되라"는 그의 시구는 인간의 생에 필연적으로 따라붙는 슬픔을 조종하는 솜씨가 남다릅니다. 사랑이 없다면 결코 다루지 못할 마음이 있는 거지요. 아니, 훈련된 시심이 있습니다.

다시 시인의 시구처럼 "넘어지는 법을 먼저 알고 일어서는 법을 알아야 했기에……" 안에는 겸허히 수용하지 않으면 안 되는 생활 철학도 강하게 흐르고 있습니다. 그뿐입니까? 더 절묘하게 마음을 울리는 시구도 얼마든지 있습니다.

"내 모든 정성을 털어내니 맛을 보지 않아도 딱 맞게 맛이 납니다." 시인이 얼마나 견디고 참아냈는지 눈물을 남모르게 닦았는지 그리고 필생의 자기 약속으로 솟구쳤는지 고통까지 사랑하려 했는지 이 모든 시들은 보여 줍니다.

시인이 움직이는 동작의 리듬에는 늘 슬픔이 번졌지만 시인은 그 슬픔보다 더 많이 다부지게 웃고 사랑했을 겁니다. 김맹선 시인은 영원히 광휘의 새벽을 열며 맛을 만들어갈 것입니다. 그러므로 《착한 밥상》은 누구에게나 생의 보양식이 될 것을 믿습니다.

- 신달자 시인

추천사

화려한 꽃이기보다는
한적한 들꽃이고 싶어요
바람에 걸려 흔들리더라도
따뜻한 체온으로 서로를 감싸줘요
스스로 깊어지지 않아도
은은한 향기로 오래 기억되는
마음의 꽃
먼 하늘을 일으켜
작은 고요마저 끌어안는
별박이로 피어나고 싶어요

2020년 초여름에

김 맹 선

▌차례▐

1부 │ 자연은 맛이다

2부 | 밥상 예찬

3부 | 자연과 마주하다

4부 | 일상에서 느끼다

5부 | 참 좋다

1부

자연은 맛이다

가락시장에서

아직 캄캄한 새벽
좁은 문틈 사이로 지나다니는 지게차가
전조등도 없이 바람을 일으킨다

각지에서 모여든 농수산물
어느새 새파랗게 어둠을 밝히고 있다
싸고 좋은 물건을 사려는 촉은
순간을 지배하고
여기저기 사람들이 운집해 있다

경매는 시작되고
암호 같은 손짓이 먹이를 쪼는 새들처럼 분주하다
기운이 넘쳐나는 새벽 시장
이슬에 눈을 뜨는 목소리로
산지의 물건들은
가슴을 졸인다

착한 밥상

한바탕 회오리가 지나가듯
그 많던 사람들이 사라지고
바람에 목덜미를 맡긴 농수산물만
다시 어디론가 떠나려고 들썩이고 있다

발효 꽃

정성일까
발효일까

자식이 가는 길에
혹여 앞길이 막힐까
눈 쌓인 장독대에
어머니는 정한수 한 사발을 떠 놓으셨다

일을 하거나 몸을 움직이는 데 있어
한 치 생각도 흐트러지지 말고
두려워하지 말라고
두 손 모으신 어머니

시집간 딸에게 된장을 주면 못 산다며,
주지 않던 그 마음을 이제야 헤아려본다
사랑한다는 이유만으로 목숨마저도 찬바람에 내놓으시고
깊은 사랑으로 품어 일깨워주신 어머니

어머니 떠나신 자리
그 깊은 곳에 피는 꽃

🌾 착한 밥상

지느러미

거센 물살을 헤치고 거슬러 오르기까지는
쉽지 않은 일이었다
목적지를 향해 유영하는 동안
쓴맛을 느껴보아야 진정한 단맛이 무엇인가를 아는
또 다른 경지

돌부리에 부딪히고 피멍이 들어도
넘어지는 법을 먼저 알고 나서야
일어서는 법을 알아야 했기에
가슴을 때리는 세상 풍파에도 휩쓸리지 않고
퍼덕거렸던 지느러미들
홀로서기의 원천이었다

험한 세상을 헤쳐 나온 등 푸른 긴 여정이
심해의 불꽃 속에 검게 피어오른다
때론 물 부스러기가 될지라도 이겨내지 못하면
세상 밖을 볼 수가 없듯이

안으로 잠기는 슬픔의 질긴 뿌리들이

그늘진 향기를 말아 올리면

맑은 영혼이 되고자 했던 지느러미의 여정

그윽한 바다 향기 풀어진다

착한 밥상

소문에 못질하기

어둠이 오는 속도는
가로등이 켜지는 속도와 같다
깊은 심연 속으로 쏟아지지 않기 위하여
전깃줄 붙잡고 있는 밤
소문이 어둠처럼 돋아 올랐다
알약을 먹듯 입을 다물어도 습관은 유지되고
책갈피처럼 그림자의 높이는 사라졌다
어느 날 그의 내부에서 낱말을 솎아냈다
소문의 중심에 알전구가 부르르 떨었다
안으로 갇혀 있는
허접스러운 감정뿐이다
길의 이정표를 밖으로 돌려세웠는지
눈부신 환청처럼 기차는 왔던 길을 되돌아간다
처음의 온기를 모두 내어주고
이름만으로 쓸쓸한 소문
세상의 소리에 귀를 털어댔다
바람이 흔드는 나무도 근거 없는
그림자를 내어놓지 않는다

부재의 구성

시집와서 사라져가는 내 이름과
오랜 시간 모서리를 지우듯 마음은 더 기울어
존재감은 차츰 없어지고
메마른 감정은 싹이 텄다

눈으로 빗금을 긋는 날
근심도 쌓이면 정이라 했는가
무수한 생각은 침잠하고 긴장감은 몸으로 밀려오듯
창백한 빛은 은밀하게
찾아들었다

위험을 무릅쓴 머리
부재투성이다

출렁거리는 삶의 복선들

버리고 사라졌을 때 느끼는 감정과
머문 자리가 있어야 보이는 것들에 대해

🌱 착한 밥상

뛰어난 요리사일수록
알맞은 온도와 맛을 찾기 위해 정조준을 한다

말보다는 몸으로 흐르는
몸보다는 말로 흐르는

궁색한 어둠이 빠져나간 오늘의 궤적 위
걷잡을 수 없는 파문이 밀려온다

캄캄함에 대하여

말이 통하지 않을 땐
온몸이 필요했어요
아프리카에서는 검은 눈동자와 머드팩의 부드러움이
희망의 상징이라고 하네요

앞이 캄캄할 땐 눈을 감고
마음으로 멀리 보아요
맑은 눈과 가슴이 부딪혀 새로운 스파크를 불러일으키고
어떤 느낌과 영감이 만나 명곡을 이루네요

성공의 1%에 들기 위해서는 99%의 발판이 필요해요

삶이라는 불 속에 뛰어들어
비록 시간이 걸릴지라도 마음껏 날아보아요

뭉친 어깨에 뒤척이며 잠 못 이루는 밤이 와도
언제나 아침은 오게 마련이죠

착한 밥상

넘어질 때마다 날개에 피멍이 들고 찢겨나가요
어두움이 몸에 가득 차면 상처 속의 눈물이 일어나요

우리의 생존 방법은 마음먹기에 달라지죠

표본 나비

밖으로는 나갈 수 없기에 안으로 자라나는

불씨를 사르네요

생각대로 일이 잘 안풀릴 때는 저를 보세요

야위게 보일 수 있겠지만 나풀거리는 것들은

압정으로 쿡 박아놓았으니

다른 생각은 빼고 중심을 잡아요

나로 인해 흔들리는 허공을 보세요

지구 저편에서 또 다른 내 영혼이 흐르는지도 모르겠어요

갇혀 있다는 것은 과거와 미래의

착한 밥상

어느 간격을 좁힌다는 증거입니다

지난 몇 번의 우화와 진화하는 현실만 존재하죠

미래는 당신 것입니다

바람의 행로를 따라 훨훨 날 수 있으니까요

그렇다고 너무 저를 가둬두지는 마세요

가열하게 타오르다 보면 불나방 되어 날 수 있을지

모르니까요

나는 지금 아득한 기억의 끝을 날고 있어요

몸이 문장이다

어머니의 젖가슴을 찾아 갯벌을 핥고 싶어요
바람이 들락거리며 터를 만들면
대나무 섬*이 나를 유혹하죠
젖 줄기 뿌리가 섬 깊숙이 박혀 있습니다
갯벌 범벅이 되어 끝도 없는 절규를 지를 때
절망도 꽃이 된다는 말 들어보셨나요
허공을 한 번도 안아본 적 없는
절벽 같은 가슴도 물컹한 탑을 쌓아요
모천을 찾아 헤매는 슬픈 전설 같은
사랑도 오늘이 마지막이라 생각이 될 때
새파란 달빛에 떠밀려가도
미치도록 사무치는 물줄기는
나를 강하게 만드는 힘의 원천이었다는 것을
때늦은 여름이 지나고서야 알았습니다
횃불이 투명한 눈으로 나를 찾을 때도

🌾 착한 밥상

눈물이 내 몸을 덮을 때도
등이 오싹해서 더는 문장이 되지 못할 때
뼈 없는 몸으로 엎드려서 기는 법만 알았어요
높은 곳을 꿈꾸지 않았기에
그 힘 저축돼 찾는다는 것을
가을이 돼서야 알았습니다

*무안군 해제 매안 앞바다 섬

그대, 가시연꽃

빛의 줄기만을 걸러내어 생명의 길로 도달함은

바깥 세상으로 나오기 위한 몸부림인가

힌 번도 오르지 못한 물 위의 세상은

눈시울 뜨거운 당신의 시간

목에 가시를 두르고 하늘을 보는 것은

사뭇 슬픈 기억의 눈물 기둥

젖은 옷을 입고도 젖지 않은 웃음을 머금은 너

거친 비바람에도 꺾이지 않고 뼈 마디마디 피워내는

기도의 말

가시연꽃이다

 착한 밥상

즐거운 요리

생의 한복판에 주사위를 던집니다

도마가 깊이 패일수록
빛의 전류는 더 세게 나옵니다

불과 물과 칼이 만나
그릇에 담기는 정성
빚어 나오는
맛이 강물이 되어 흐릅니다

손이 베고 손등에 화상을 입으면서
다져진 감각
옷은 땀에 젖고 몸은 뜨거워 불덩이가 됩니다
그 열기 속에
피어나는 요리는 오감을 자극합니다

한 시절 푸르게 타올라
떨어지는 낙엽처럼

높이 치솟아 떨어지는 눈물은
어느 곳에서나 귀중한 소금이 됩니다

내 모든 정성을 털어내니
맛을 보지 않아도
딱 맞게 맛이 납니다

왕버들

바람을 떠나보내는 날
하루에도 몇 번씩 낯선 곳에 남겨지곤 했지
눈물 많은 새들이 꿈을 꿀 때에도
사방으로 열려있는 나는 문이 따로 없었다
가만히 응시하는 것들은 기본적으로 슬프다
간절한 사연을 들을 때면
몸이 퍼렇게 번져오는 것은
가슴이 철렁 내려앉는다는 증거
오늘은 하늘의 달을 잡아
한몸으로 쏟아지고 싶었네
바람을 떠나보내는 날
사방으로 문을 달고 허공을 세웠다

몸 밖의 것을 안으로 들이니
슬픔마저도 푸르다

병목 구간

슬픔은 꿈틀거리는 고요함에 속해 있을까요

마지막 비명처럼 꽃이 지고 삶의 안쪽부터 어두워지는

내가 있습니다

막힌 구간에 있는 나를 누가 기억하는지

꼿꼿이 귀를 세우고 교통방송을 듣습니다

어둠과 빛 사이의 긴 터널을 지나오면서

서서히 나는 작아지고 점차 내성이 커집니다

일상의 사소한 이유 하나로 감당해야 하는 슬픔처럼

아득히 적막 너머로 점화되는 나를 봅니다

꽉 막힌 도로가 출렁거리는 것처럼.

수족관과 해신탕

우리는 바다의 군주였는지 몰라

물의 너른 초원에서 태어나
키조개 문어 낙지 전복과 같이 몸 섞는 날이면
나는 나풀나풀 나비 떼로 떠올라 저 하늘을 날고자 했어

동굴 속 같은 수족관은
삿갓구름이 떠도는 안식처
꿈같은 나날이었지
그 시간만큼은 있는 것 다 비워내고
온몸이 둥근 묵주가 되도록 기도를 했지

조용히 소리 내지 않고
보이지 않게 숨는다는 것은
잠시 살아있다는 증거가 되듯

고통스러워도 뜨겁게 살다가 가면
그 또한 커다란 행복일지도 몰라

먹거리를 파는 게 아니라
건강을 드리는 일이기에
오대양 육대주의 광활한 우주를 본 것은 행운이야

농도에 맞게 부드럽게 익어가기 위해서는
그 고통 혼자서 견뎌야 한다는 것을

고적한 춤사위 속에서
꽃불의 가래질에 건강한 진국이 우러나와
교각에 걸린 노을처럼 밥상이 붉다

착한 밥상

詩를 요리하다

어떤 계절은 향긋한 나물이 된다

계절마다 입맛 돋우는 맛과 색을 담아
각기 다른 성품 하나둘씩 한곳에 넣어 버무린다

혈색이 돌고 돌아
색다른 옷을 입는다

어머니의 가르침이 묻어나는 시간
봄나물로 한 움큼씩 피어난다

육지와 바다의 감정이 쌓인다
잘 버무려진 오후가 저녁노을을 한 입 베어 물었다
요리를 하다 보니 요리가 시가 되고
시가 요리된다

시집살이가 詩집살이가 된다

라일락꽃

차디찬 빈 가슴에도 봄은 오듯이
아픈 마음 꽃봉오리에 묻어두면
텅 빈 마음에도 꽃은 피겠지
슬픔조차 신선한
은은한 향기
외로운 빈들의 목마름처럼
사람들 가슴마다 쏟아내니
내 가슴 지나
그대 가슴속에 망울망울 피었네
서러운 길이 물거품이 될지라도
한길 위에서 그리움으로 피어나는
한 묶음의 향기가 꿈결 같다
목숨의 말을 쫓아 미명의 끝으로 떠나는 그녀
빛과 향의 층계에 오른
사람들 가슴마다
광휘의 새벽을 열고 있다

대장간에서

처음 불의 씨앗은 차가웠다
몸이 붉게 데워지기 시작하면 숨이 일어난다
누가 시키지 않아도
서로가 뭉쳐질 때까지 달궈진 쇠붙이는
용솟음치며 몸속 깊이 뼈 울음까지 토해내며
톡톡 튀어나간다
천길 불 속에 들어야만 완성되는 고독과 마주하며
아픔으로 온몸이 찢기고 살점이 떨어져 나가도
처절하게 던져지고 부서져야 평화에 온전히 드는 생
수백 번의 헛방을 내디디고
수천 번의 담금질을 하여야, 비로소
부패하지 않는 삶이라서
얼마나 아픔을 같이해주어야
고단한 삶에 위로가 될까
슬픔도 맑으면 저 불이 되느니
모래바람 뜨거운 열사의 언덕에서
오랜 시간 가슴 열어본 적이 있는가

불길 속의 증오보다 사랑으로 아파본 적이 있는가

뜨거운 가슴을 후벼 파며 속울음의 눈물로도 다하지 못한

온도를 이룰 때 정점을 이루는 생

바깥온도와 내부의 온도가 서로 평행을 이루면

담금질로 굳어지는 쇠뭉치여

자신을 기꺼이 불길에 맡기지 않고서는

온전한 삶이 될 수 없듯

비록 이별의 순간이 올지라도 온몸으로 사랑하자

험한 불길 속에서도 멈추지 않는

담금질의 축제는 불의 씨앗을 갈무리하기 위함이니

1부 / 자연은 맛이다

2부

밥상 예찬

착한 밥상

끼니를 차리는 것이
긴 여행의 동반자였는지 모른다

쉴 틈 없이 쓴맛을 단맛으로 바꿔야 했던
지난 여정에서
오직 멈추지 않고 밥상을 차리는 것만이 희망의 불씨였다

가난한 머슴 밥상에서
화려한 황제의 밥상까지
나는 얼마나 많은 피눈물을 받아내고
여기에 이르렀는지

가슴속의 착한 정성과 오롯한 마음 하나로
팔도강산의 건강한 밥상을 차리고 싶었다

화려하지 않아도 공평한 신분으로
새벽이슬을 품은 야채가 식탁에 봉긋하게 차려지고

착한 밥상

옹골지게 겨울을 견딘 냉이가 밥상에 오른다

상처 깊은 땅에도 치유의 시간은 필요하듯
사계절을 골고루 담아 오장육부의 빗장을 여는 일

보약 중의 보약
착한 밥상

순암, 역사를 세우다

떠도는 풍문을 좇아 풀들은 되살아나도
순암의 큰 뜻을 넘지 못했다

오랜 건기를 지나온 봄의 야성을 따라
서로의 온기를 북돋우며 시대의 정령이 된 언어들

살고자 온 밤을 뒤척여야 했던 풀벌레들조차
울음소리를 그친
그 흔적 위에 여기저기 꽃이 피고 있다
발광하듯 향기를 끓어 올리던 꽃들이
곧은 모가지를 꺾어 던질 때
울음을 텅 텅 비운 하늘 위에 뭉게구름이 머물러 있다

속세를 배웅하듯 멀리서 땅거미가 밀려오고
이따금 뒤돌아보면 따라오는 발걸음 소리가 사라진다
생의 전부를 후세의 사가에 바친 꽃피는 소리였을까

지금 나는 무엇으로

핏빛 노을을 밟으며 부끄러운 민낯을 감출 것인가

손때 묻은 펜을 만지작거리며

목숨의 갈피마다 박제된 기억을 풀어낸다

고마리*

생의 첫발 내딛는 빛
눈시울 환한 너를 보고 어찌 그냥
지나치겠는가

에움길 세월 앞에
거울처럼
촛불처럼
나를 성찰시키는
선연한 침묵이로다

텅 빈 적막도 꿈자리로 외돌고
때 묻지 않는 마음에
탕진한 눈물 끝으로 잔마다 달이 뜰 때
땀땀이 기워낸 목숨
별이 되어 뜨는구나

*고마리 : 마디풀과에 속하는 한해살이풀

착한 밥상

재의 길

씨앗이다 아니, 불씨였다

혼자서는 피어나는 법을 몰라

누군가에게 의지하고 일어선다는 것은

나를 세우기 위한 발돋움이었으리니

외롭고 춥거든 그대여 나를 뜨겁게 안아보라

마음이 한 장씩 뜯겨지는 아픔에도 내가 움켜쥐는 건

불의 징역살이

붉은 숨을 쉬며 희디흰 재의 길을 걷는다

상처투성이 흙 가슴에서 불을 꺼내놓으니

당신 가슴을 데워가거라

가난한 시절의 태어남도 그 아픔마저도 소리 없이 앗아

갈 땐

서러움에 눈물도 멈추고 탄복해야 했다

삼십대가 장작불이라면

사십대의 내 나이는 겉은 꺼져 있어도

밑불은 뜨겁게 타고 있는 연탄불이니

불씨로다

당신의 씨앗이다

능소화를 읽다

하나의 그리움을 위해 차마 발걸음 떼지 못하고
그 높이에서 흘린 눈물인가

마음 모서리에 그늘이 깃든 지는
흔들리고 부딪히며 큰다고 했던가요

어둠의 극점을 딛고 일어서는 저 줄기의 근성
매운 결기로 붉어지는 소리

그 아득한 길을 촉수로 더듬을지라도
한 번 잡은 손은 놓지 말아요

아픈 말들을 한 올 한 올 털어내면
이렇듯 가슴 비워지도록 환해질까요
내 안에 바람이 불어요

온 여름을 다 뒤져도 먼 데만 바라보고 핀 능소화
훌쩍 하늘을 뛰어넘네요

 착한 밥상

커피 한 잔 하실래요

당신을 향해 밤새 노를 저어요

이 적막한 전율이

나를 뜨겁게도

나를 차갑게도 만들지요

스스로 위로하지 못하고

밤을 꽃잎처럼 뒤척여도

피처럼 서러운 그리움만 가득합니다

두 손 모아 받쳐든 커피잔에

그대 모습 떠오르면

내게 슬플 수 있는 그 어떤 것도 눈물이라 말해주세요

바람에 책장 날리듯 코끝에 다가선 향기가

심장 떨리게 하는 당신인가요

힘든 하루도 잠깐의 여유로 녹여주는 커피 한 잔에서

사랑이란 말에 있지 아니하고

그리움에 속해 있음을 알아요

커피 한 잔 하실래요

카멜레온

표정을 보세요

섬뜩하죠

내면은 얼마나 고요할까요

집착을 내려놓은 자유처럼

무서워하지는 마세요

안에서 피워내는 마술은 있죠

신화神話는 달라요

마음속에 꽃 한 송이 피우기까지

수많은 세월을 촉감으로 닿는 것처럼

귀도 없이 상대를 감지하는

무표정을 보세요

혀는 빛의 날개에요

우울하고 슬픈 것들은 삼켜버려요

나는 싸늘한 감촉 같은

정적 뒤에 숨어요

담쟁이

남의 몸을 빌려 허공의 자리에 오른 너를 보며

한참 동안을 머문다

땅을 헤집고 나와 앞으로 기어가는 법만 배운 아이처럼

물러섬이란 없다며 하늘의 높이를 이루었구나

잠 없는 길손이 달빛을 끌어다 덮는 밤

모나게 태어나고 싶은 몸뚱이가 어디 있겠는가

둥근 마음을 가지고도 육체로

깨끗이 묻어나오지 못한 그릇처럼

내 정신의 혼을 담아 놓아 맛도 음미하며

세상과 소통해야 그 빈자리가 채워진다

혈 자리가 막혀 쭉쭉 흐르지 못하고

외로운 자리에서 절망할 때 동행하는 그대 있으니

눈물로 담을 넘는구나

터를 고르지 않은 담쟁이 그림자 밑에서

슬픔도 혼곤하거든

하루의 기도 구절로 백 가지 굴레를 벗는다

산행을 하며

계곡을 따라 새소리 물소리

꽃이 어우러져 속닥이듯 화음을 이룬다

구름 그림자를 타고 쉽게 오를 줄 알았던 삶의 여정이

아름다운 풍경소리에서 울음소리로 바뀌는 순간

세상 모든 소리는 하늘로 통하듯

귀도 먹고 눈도 멀어

최초의 맹세에 마음을 내민다

직선의 길을 선택해 걸어옴이 너무 짧아 한 번 들어서면

다시는 되돌아올 수 없는

미지의 길로 접어든다

슬픔처럼 산 그림자가 길게 뻗어 있다

숨 한 번 크게 쉬지 못하고 헐떡이며

힘겹게 산의 정상에 이르렀건만

불혹의 꽃이 지듯

눈썹은 여미고 콧등은 가슴을 적시는데

쓸쓸한 평화 같은 세월의 무상함이여

화려했던 순간들

그늘졌던 고뇌가 모여 세상을 고요로 덮는다

삶을 태운 바람은 이승에서 못다 한 사랑도 승화시켜

변하지 않는 영혼의 날개를 달고

진정한 사랑의 눈물로 가슴을 적셔준다

개망초

1.

밤의 외로움이 창가에 적막하다
수많은 그리움으로 기다려온 날들을 그 무엇으로
채울 수 있을까
거침없이 단숨에 달려온 들녘, 터질 듯한 가슴은 목이 메고
기다림의 순간순간 고요한 얼굴로 둥지를 틀었다
슬픔의 자리에
이룰 수 없는 사랑이 애틋하듯
외로운 자리마다 꽃등으로 밝혀준다
빈자리마다 더운 가슴으로 뻗어 가거니
서로 토닥이며 일가를 이루는 꽃이여
천 년 동안 마주하여
곤한 잠이 든다

2.

그리움의 넓이를 누가 짐작이나 할까 쭉쭉 늘어선
자태가 하얀 회상 같다
각자의 침묵들이 휘파람 소리에 움을 트면
떠난 자리의 슬픔은 사라지고
피가 도는 생명처럼
말 없는 미소로 피어나는 꽃
신념 하나로 자신만이 일궈놓은 자리를
자기의 뜻과 무관하게 떠난다는 것은
피눈물 쏟아내는 쓰라린 고통일지라도
밤새 엿기름에 삭은 밥알처럼
섧도록 휩쓸고 간 자리마다 피지 못한
정의의 등불은 켜지노니
소박한 그릇으로 아름다운 자질을 마음껏 채워가는
가슴 넓은 개망초여 떠나지 못하는 길에서
영혼을 달래는 진혼곡은
남은 이들의 가슴에 사랑의 문을 연다

남산에서

비거스렁이에 나풀대는 남산의 초록빛은
더위도 식히고 막힌 폐부마저도 뚫는다

맨발로 흙 위를 걷고자 함은
가슴의 신열도 내리고 작은 바람도 느껴보자 하는 것이니

멀리 돌아온 나를 돌려세우는 시간

살아가는 일이 그러하듯이 한 발 한 발 내딛는 생
곰삭은 묵은지처럼 깊은 맛도 내어보고 높은 하늘도
가슴에 담아
일상의 작은 파장에도 이겨내기 위함이 아닐까

사랑의 열정이 눈부신 날에

코리아의 수도임을 자랑삼는 서울타워는
인왕산 밑자락 청와대도 품었는데
조상들의 얼이 가득 담긴 채 숨소리만 그윽하다

🌿 착한 밥상

저 멀리 들려오는
명동의 외국인들의 환호 소리
버선발로 맞이하여 남산에 옮겨 든다

발아래 보이는 청기와 집은 화려함을 잊을 줄 모르고
국위 선양하는 이내 손길은 쉴 줄을 모르네

남산 산책길에서 잠시 나도 숲을 이루었으니
아프고 못 견딜 일 있거든 내게 드소서

봉숭아꽃

자리를 가리지 않는다

기다림의 힘인가 빛의 힘인가

섧도록 그늘진 마음에 온몸 다하여 염원으로 피우고 싶었다

붉은 마음으로 세상을 품고도 제 몸을 삭혀

사랑을 받고자 함은

빨리 식지 않는 은은함으로

오래도록 스며들어 머물기 위함이지

그 영롱함, 눈부셔라 눈부셔라

진실로 하늘이 점지해준 길에서

눈감으면 스며드는 살결 속에 그대 고운 영혼으로 노래하니

품어도 품어도 다 내어주지 못한 바다 같아라

쉽게 뜨거운 사람보다는 진하지 않아도

그 향기 멀리멀리 퍼져 심장까지 파고드는

온 들판에 이름 없는 향기처럼

사람의 마음도 봉숭아꽃만 같았으면

경복궁 경회루

하늘아 너는 아니
경복궁 경회루에 너의 뽀얀 얼굴이 물빛에 비추는 것을
삶의 허덕이는 멍도 살짝 얹어보는구나
따뜻하게 품어주는 햇살이 얼었던 가슴도 녹여주고
너의 일부분을 바람이 스치고 지나갈 땐 그 등에 타서
나의 시린 가슴도
한몸이 되고 싶다는 것을
하늘아 너는 아니

그 찬란함 뒤에는 아픔을 담고 살았던 부끄러움이
있었다는 것을
저잣거리에 백성의 작은 서러움을
사대부의 껄껄거림의 웃음을
왕의 무능함으로 천 번도 넘게 이방의 침입을 받고도
단 한 번의 침략도 감행하지 못한 위정자들의 부끄러움을
하늘아 너는 아니

역사의 뒤안길에서 목이 마르면 우물을 파서 마시고
해가 뜨면 일을 해서 밭을 갈아먹고, 해지면 쉬는
나에겐 왕의 힘이 아무런 소용이 없다는 것을

그 찬란했던 궁의 모습은 온데간데없고
빈터만 말없이 지키고 있는 소리 없는 앙상한 나뭇 가지처럼
늘어뜨린 드레스의 뒤태와 같은
뼈대만 수천 년을 지키고 있구나

그 뜨거움을 품어내고도
온갖 만물의 치부를 말없이 다스려 맞이하는, 너를
그 넓은 광야를
하늘아 너는 아니

세상의 모든 것을 다 품고도 너에게 갈 수 없는
슬픈 전설 같은 나를

착한 밥상

뜯들이기

새벽 동 트기 전에 들로 나가신 어머니
한 몸으로 일의 열 몫을 해내실 때
해는 지고 달은 떴다
그 고단함이 배인 논밭
자식들을 가르쳐 열매를 일궈 놓으시고
하루를 백 년같이 쓰셨던 어머니
그 인생 육십도 못 채우고 가셨기에
하늘이 어둡게 느껴졌던 때가 있었지
아픔과 통증을 견뎌내셨기에 가능했을 것이다
사랑도 불타는 온도로 확 붙는다면 어떤 모습일까
뜯들이지 않고 일궈진 것들은
상처와 고통이 따르겠지
긴 터널의 기다림 속에서 환희의 불빛이 보이듯
인생은 뜯들이기다
사랑 또한 뜯들이기다
언제부터인가 어머니의 빈자리가 그립다
밥물에 손등을 올리고 김이 모락모락 날 때마다
엄마의 정이 그립다

진달래 화전

누군가의 가슴에

꽃물 들인다는 것은

뜨거운 불씨 하나 심는 일

한쪽 가슴을 땅에 묻고

허공에 뜬 별빛을 바라보는 일이다

인생사 피고 지는 까닭에

잠시 눈 떴다 지는 것과 같다

어둠 살라 불길을 만들어

허공에 붙이니, 하늘에

분홍빛으로 튀겨지는 저 순한 낯빛들

오롯이 분홍을 끌어안았다

호사스러운 계절은 짧기에

여기저기 푸른 싹이 돋아나면

다시 뿌리로 돌아가는 운명

산 너머 길머리까지

고요함 속에 깊숙이 묻히니

봄의 단내가 그윽하다

착한 밥상

김밥

돌돌 말린 네 몸에선 향긋한 향기가 흘러나온다
입술에 맞물리니 눈꺼풀은 감기고 오감을 자극하는
신경들이 일렁인다
가지런히 줄을 잇고 있다
삶의 언저리를 손끝으로 버무려서 향기가 짙은 걸까
때와 장소를 가리지 않고 허기를 채워주는 넓은 가슴
지난날의 추억 속에서 아이들의 웃음소리가
말아진 틈에서 깔깔깔 터져 새어나온다
사르르 겹치는 미소가 환하다
부유층보다는 서민들의 애환이 담긴 무지갯빛 사랑으로
눈물겹게 식탁 위를 오른 환희
따뜻함의 손길로 고단함을 풀어준다
소박함의 영양이 이만한 게 또 있을까
뱃구레의 힘을 큰 나무의 그늘처럼 씌어주고
대물림의 짜릿한 손끝 맛이 순하게 감돈다
몇 개의 분신으로 나뉘어 있다
담백하다

3부

자연과 마주하다

송이

밤새 고였던 어둠을 아침빛이 밀어내고 있다
듬성듬성 머리만 살짝 내민 모습이 앙증맞구나
산기슭 한 모퉁이에 고요와 벗 삼은 낙엽은
어느 몸짓으로 꿈틀거리는지
누구의 진정한 사랑을 받고자
이토록 둥글게 줄지어 기다리는 자태가 요염할까
흙을 헤집고 피어나오는 모습
솔잎의 처마 끝에 맺히는 영롱한 이슬방울을 보라
너와 공생하기 위해
둥지를 트는 모습이 가련하지 않은가
가을 햇살에 들기 위해
고독을 딛고 나오는 잉태의 힘
삶의 쓴맛을 흰 머리로 풀어낸 그윽한 향기에
자식 위해 자신의 몸을 아끼지 않은
아버지의 모습이 눈앞에 스며든다
고향에 한 번 다녀와야겠다, 너를 앞세우고

🌾 착한 밥상

양파를 까면서

삶을 둥글게 살찌우는 생이라서

따뜻한 밥상에 오를 일이라서

양팔 걷어붙이고 손에 물기 마른 날 없이

어머니는 발품을 팔았다

깡마른 몸으로 날카로운 시선들을 가슴으로 안기까지

살을 깎는 아픔을 견뎌 둥근 마음에 들기 위함이었다

마음에 딱 맞는 사람이 어디 있으랴

입맛에 딱 붙는 음식이 얼마나 있으랴

땡볕의 더위를 이겨내고 땅 위로 오른 터에

어느 곳에나 맛과 조화를 잘 이루어 채워가는 삶에는

모진 애환으로 가득 차 있다

한 겹씩 매운 향기가 허공으로 흘러나오면

어머니의 쓸쓸한 영광처럼

지나온 날들의 쓰라림이 눈물로 쏟아진다

눈물도 위로가 되는 줄

양파를 까면서 알았네

맨드라미

붉은 깃을 세우고 있구나

그리움의 길에서 누구를 향한 기다림인지
깊은 굴곡들을 안고 우두커니 서 있구나
타오르는 태양에 얼마나 더 몸을 데워야
그 험한 길을 헤쳐 갈 수 있는 건지
시련이 있어야 아름다운 아픔도 만들어지듯
눈물도 뭉치면 삶의 윤기가 난다고 했지

네 몸속에 흐르는 피를 막힘없이 흘려보내어
다 껴안지 못하는 소망으로 거듭나거라
겹겹의 시간을 지나 외로움의 밤을 적셨거니

뜨거운 열기로 여름을 보내고 가을로 가기까지
너의 강한 붉음으로도
지나온 날들이 다 위로가 되지 못한다 할지라도
슬픔도 기쁨처럼 껴안고 한몸으로 품어 살자

착한 밥상

무화과

사랑이란 생으로 들기까지는
가슴이 피어 있음은 피움이 아니었으리라

바깥세상을 덮고 안에서 삭히는 그리움
인내와 고단함의 연속에서
비우지 않고서는 익지 못하는 사랑이었다

빛 그림자처럼 다가서는
불그스름한 생으로 피기까지
때론 바람이 부는 칼날에
가슴을 도려내듯 아파도
벌어지는 눈시울에 슬픔도 잠이 든다

동여매진 살결 허공의 밑 그림자로 풀어지면
사랑은 꺼내서 말하는 것이 아니라
가슴으로 익어야 한다는 것을
빗물을 가슴에서 눈으로 품어 보내고서야 알았다

어부바

심장이 뛰는 눈빛이다

가슴에서 가슴으로 옮겨지기까지

잉태의 길에서 세상 밖으로 나오기까지

내부의 숨소리는 깊기만 하다

뱃속 양수에서 사랑은 더 깊어지고

침 한 번 삼키지 못하고 밖으로 내뱉으며 10개월의 인고는

탯줄을 끊고 박차고 나오는 목숨같이 빛나는 별이라서

어떤 사랑이 이만할까

밑바닥으로 내려갈 때 치고 올라오는 아픔을 사랑이라면

길이 끝나는 곳에서 다시 길은 시작되고

어부바의 사랑은 영원한 희망의 꽃으로 ing를 이룬다

마음을 후려쳐도

가슴의 사슬로 꽁꽁 묶인 어부바의 사랑이여

끊어도 끊어지지 않는

부모에서 자식으로 이어지는 끝이 없는 어부바의 사랑

부르시는 이와 부름 받는 아이처럼

달의 계단

밤의 기둥을 세우면 가슴속 깊이 남겨둔 말
은빛으로 쏟아져요

약속을 벗어난 적 없는 달은 순한 목숨에 닿고자 함인지
허기진 어둠을 밟고도 묵묵해요

온몸으로 달군 겨울밤을 하얗게 지새운 슬픈 기억일까요
달빛이 물껍질 머리맡에 내려앉으면 실눈 사이로 물제비가
날아
달의 계단에 올라요

환상의 세계가 펼쳐지고
어느 것 하나 정해진 길 없어도
날카로운 모서리의 초승달이 되어
상처가 나도 변하지 않는 마음의 보름달이 되기 위함이죠

달꽃이 지상으로 피고 있어요
눈시울 뜨겁도록
환하게

허공의 불면 2

앞만 보고 살았는데 뒤돌아보니 아무것도 없네

뜨겁게 살았노라 했는데 다독일 불씨 하나 없네

고니하고 힘들었던 불면의 ㅑ날이 많았다 했는데

흔적 하나 없네

수많은 것을 세운들 무엇 하나 남았겠는가

형체가 없듯 영원한 사랑도 없고 꽃피듯

향기로운 삶도 없는데

세월 지나면 그처럼 되는 것을 잊고 살았네

무엇 하나 반듯하게 세워둔 것 무엇이냐는 푸념 속에

세상의 이유로 인생이 그와 같으니

그 중심에 허공의 눈으로 내가 서 있네

🌾 착한 밥상

연어가 돌아올 때

눈물이 흘러 바다로 갑니다

작은 모래알이 물갈퀴를 달고

험한 세상 헤엄을 칩니다

물컹물컹한 힘으로

한 생을 담아내는 고귀한 넋입니다

삶의 물결 따라 뻗어가는 문을

수만 리까지 연다는 것은

누대의 문장과 같습니다

피묻어나는 사타구니의 내음에서

득음의 가성 소리로 육필을 씁니다

자신을 비워내고 발아하는 목숨입니다

유년 시절을 벗겨내면 피고름이 나올지라도

물에 세운 침묵은

나를 다시 처음으로 일으키는 일입니다

태초의 달이 불을 밝히는 언덕

파도 되어 뜨거운 가슴 되어 데워내니

물의 색이 빠지고 고운 은빛 물결 쏟아집니다

영산홍

하루를 살아도 너처럼 살아야 한다

허공을 뚫고 정상을 오르는 빛은 닿을 수 없는 바람의
끝까지 걷어 올려, 층층이 탑을 내 위에 쌓는다

하늘빛 고인 눈매에 빠져든다, 꽃 연리지 위에 네가 둥둥 산다,
되돌아서지 못하는 눈부신 능선이다

붉음의 잉걸불 속에 화사한 궁의 마음은 세워지고
허공도 불태울 맑은 샘물의 빛은 바라볼수록

끝없이 솟아올라

한 호흡으로 무등을 탄다, 순결 위에 숨은 혼백의 숨결이다,
슬픔마저도 빼내는 연분홍이다

그림자마저도 부푸는구나
하늘을 들어올린 눈부신 꿈의 궁전이여!

🌾 착한 밥상

비원에서

서울의 중심엔 푸른 섬이 있다

하늘의 창을 여는 무성한 가지들의 미소에

무슨 일들이 있었을까

깊숙이 타들어 갈수록 궁은 초록으로 돋아나고

살아 숨 쉬는 것들과 가고 없는 것들에 대해

긴 세월을 읽혀왔을 눈망울엔 눈물이 방울방울 맺힌다

다 읽어내지 못한 저잣거리의 넋들이

고요하게 포효하고 있다

생의 오고 감은 어디에서 시작됐는가

세상을 거머쥐고도 궁중 속에 들어가지 못한

용의 기세는 어디 갔을까

부딪히고 부서질지라도

어울려 살아가야 하는 것이 섭리인 것을

천년을 묵묵히 발돋움하는 찬란했던 궁의

깊은 침묵 속에서 오늘을 읽고 있다

노숙의 무늬

　바람이 할퀴고 간 자리에 정지된 시간이 머문다 사람이 되지 못하고 한 조각 낙엽이 되어 뒹굴 때 가슴은 파랗게 강물이 된다

　한때 흐르지 못한 물이 맨발의 피 울음으로 거리를 헤매고 뒤척여도 속을 앓는 냉한 바람은 재가 되어 바다를 이룬다

　들꽃에 내려앉은 달빛은 밤의 고독으로 꽃잎에 이슬을 맺힐 때 저 몸속에 하나의 그림이 되는 한 폭의 생이어도 좋으련만

　바람이 데우지 못한 살갗들을 눈물이 되어 데우고 있다 세상에 파고들지 못한 넋이 낭떠러지 같은 목숨으로 만져질 때 이 땅의 낮은 곳에 머문 천박한 땅이여

　어두운 창을 열면 환희로 환생하는 가교가 있거든 오아시스 같은 천국에 드소서

🌾 착한 밥상

아무도 목마르지 않은 곳에서 쓸쓸한 들판의 네 등 위에 천 송이 별꽃들로 피어나면 차오르는 빈 가슴 안고 슬픈 환상 같은 꽃 한 송이 피우소서

경계선의 방식

흐릿한 길은 멀리 사라집니다

마음 가 닿지 않는 위태로운 선에서
하늘의 구름이 흘러갑니다
모래는 수만 번 파도 속에 몸을 맡겨도
단 한 번에 뒤돌아서지 않고
떠밀려가고 떠밀려와도 바다의 가슴 깊숙이 닿아
젖은 몸으로 에메랄드빛을 쌓습니다

고요 속에서 그린 밑그림 위에 넘나드는 것들은
풍파가 일어도
등가죽 같은 물결은 벗겨지지 않을 것이나
예리하지 못한 것들은 쉽게 무너져 버립니다
살아가는 방식이 분명해야 하듯
얇은 선을 강한 의지의 선으로 만들어 놓지 않고선
사람의 인연도 굵지 않으면
떨어지기 때문입니다

내 몸 밖으로 빠져나간 쪽빛 바다가 수평선을 에워쌉니다

착한 밥상

대파를 갈아엎다

얇은 껍질 속엔 내막이 있다
푸른 날들로 돋아나고 싶었으나
얼룩진 고름은 하얗게 몸을 띄우고 빗나간 예언만이
똬리를 튼다

몸값은 폭락하고 언제 갈아엎어질지 모를 몸뚱이에서
흙의 침묵으로 내던져질 때
주인 마음은 애간장을 태웠으리라

피와 땀으로 입혀진 옷이 알알이 살결처럼 벗겨질 때
무참히 땅속에 묻혀버린 세상의 아우성

맑은 피를 건네지 못하고 입김만이 하늘을 날고 있다
이 음식 저 음식 넘나들며 누구에게나 들어맞는 입맛

오월의 햇살이 몸을 푼다
네 몸이 통째로 땅에 묻히는 날
살결 고운 몸에 흰 울음이 싹을 튼다

닻

눈보라 치는 갯벌에서 일하시느라 손발이 터져 나가는
어머니의 모습에
큰오빠는 거금을 기부하여 마을 앞바다에 뱃길을 텄다
뱃길은 텄으나 한 번도 그 길을 품어보지 못하고
소천하신 어머니
아침 햇살에 핏줄은 일어서고 밤새 묶여 있던 그리움은
높아만 갔다
바람이 이는 만큼 가슴은 출렁이고
인고의 세월을 밀고 당기듯 해변은 그저 철썩이고 있다
비틀거리는 마음도 잡아주며
거센 풍파가 상처를 입혀도 굴하지 않는 자세가
어머니의 힘 같다
인생을 무사히 항해해서 닻을 내리기까지
평생의 기도로 쌓는 인덕
어머니의 모습이 물이랑 되어 내 가슴에 밀려온다
바다를 배경으로 삶의 중심을 일으켜 세운 것이
당신이었음을, 나는 안다

🌾 착한 밥상

아버지의 후리질

만조의 적막한 바닷가
밤새 해진 자리를 살피고 꿰매어
달빛 물결 위로 한 올 한 올 수놓는 손길이 해거름을 친다
원래 아버지는 수영도 잘하지 못하고 물을 무서워하였다
바닷물이 목젖까지 차 올라와도
그 깊이와 그 길을 아시기에 발이 땅에 닿지 않아
떠밀려가도
어두운 그림자로 긴 터널을 건넜다
자식들을 위해 고된 하루를 짊어지고
허기진 힘을 다해 끌어당겼다
대낮에 하는 일과 일몰 후에 하는 일이 다르듯
농부의 여유로움도 없어 어두운 밤에만 짬 내서
후리질을 하였다
가족을 건사하기 위한 고단함의 연속이었다
아버지의 고된 노동이 우리의 인생을 알게 하고
사람을 알게 하고 자신을 알게 하여
환희의 기쁨으로 맞이하게 하였다

물의 깊이에서 세상의 깊이를 알고도 자식을 위해

건너셨던 아버지

그 깊은 사랑 온 힘을 다해 땅과 강물과 삶을 담아 낼 때

세월의 후광처럼 바다도 숨을 몰아쉰 듯

밖으로 만삭인 은빛 물결을 풀었다

모래 위의 잔잔한 소리

푸드득 뛰는 소리 가족의 웃음소리

그것은 세상에서 제일 큰 바다이다

머섬*

외로움 한 덩어리만 하다

발목을 개펄에 깊게 묻고

바닷물이 울타리를 치고 있어서 쉽게 접근하지 못하는

섬이다

스멀스멀 내 유년의 기억들이 살아나

바라만 봐도 힘이 불끈 솟는 곳

모든 것을 받아주는 어머니 같다

쓰린 마음 위로 밀물과 썰물이 철썩철썩 살갗을 비비면

차가웠던 냉가슴에 불꽃이 인다

삶의 활력소처럼

몇 달쯤 밥을 먹지 않아도 배가 부를 것 같다

둥근 시간을 쌓듯 머섬을 보랏빛 햇살이 잡아당기면

슬픔도 환희의 웃음으로 나를 설레게 한다

숨죽여 바라보면 흐려지는 실루엣처럼

어느새 사라지고 없는 살가운 바다

젊은 날의 어머니가 햇덩이처럼 피어 있다

*무안군 매안 바다의 작은 섬

3부 / 자연과 마주하다

4부

일상에서 느끼다

하얀 시간

삶이 고단할 때는 내리는 눈을 쳐다보며
하얗게 잊어볼 일이다
푸른 시간에 침묵을 쌓는 겨울나무를 본다

눈물 마를 날이 없었으므로
애틋이 안겨오는 하얀 말들 위에
내려앉아 빛나는 별빛들이
서로를 껴안는 모습을 볼 일이다

못다 이룬 낱말들이 쏟아져
퍼즐을 맞추는 내력은 시작되고
모든 색을 털어내고서야 들 수 있는 하얀 소통

견딤과 외로움만이 시를 이루는 일이거니
이 땅에 내리는 눈을 맞으며
죄 하나씩 씻는 밤

착한 밥상

하얀 도화지 위에
하늘도 하얗게 칠한다
맨 끝의 눈물처럼
가장 먼 곳에서 가장 가까운 곳까지
눈이 내리는 시간

삶이 고단할 때는
저 하얀 평화에 갇혀볼 일이다

모닝커피

- 셋째야 커피 타 놓았다

물 끓는 소리가 잠을 깨운다
눈물로 밥을 지어본 적이 있나요

살이 찐다고 아침을 안 먹은 적 있죠
작은 찻잔 속의 일렁임에 뭉클함이 올라옵니다
고된 시집살이가 삭혀지고
분수처럼 흩어집니다

일렁이는 마음의 이랑마다 소복하게
삶을 깨닫게 해주신, 어머니

쓰디쓴 모닝커피 한 잔에 모정을 담아
아름다운 인생을 만들었습니다

코끝 찡하게 다가와 묻어나는 향기는
그동안 고마웠다고
그동안 사랑했다고

🌿 착한 밥상

따뜻한 정을 주시고 홀연히 떠나신 어머니
그 깊은 사랑이
들국화 향기처럼 눈물겹습니다

바람만 불어도 어머니의 목소리가
귓가에 다가옵니다
아가, 셋째야 커피 타 놓았다

쓸쓸함의 서랍

어디에서 찾아드는 소리일까
이 밤 눈 오는 소리는 사부작거리고 부유하는 감정들이
위태롭다
꽃피던 시절 쓰다만 편지들이 쌓여갔고
어머니 먼 길 가신 뒤의
먹구름이 왔다 갔던 먹먹한 순간에도
그림자처럼 따라다녔다
빛바랜 갈색이거나 바람 빠진 색채
한평생 눌러앉아 지냈을
한지 위의 수묵화는 싸늘함을 더해 외로움을 덧그렸다
한 계절씩 따사로운 꽃불은 적막 안에 펼쳐지고
멀리 있는 것들은 아름답다 하지만
그 뒤는 그늘의 배후가 되고 만다
곱고 슬프게 매달린 처마 끝의 고드름은
마디 목숨을 이어가고 강추위에 얼어버린 행주가
가오리 행세를 하는 밤
폐기되지 않는 그리움에
나는 지금 낡은 서랍 속에서 끝없이 분열중이다

🌾 착한 밥상

약초 산행

수만 개의 빛줄기로 용솟음치는 하늘 아래 첫 동네는
초여름 햇살에 무동을 탄다

천 번의 부딪힘으로 만 개의 고통을 받아내고 터를
이뤄왔을 바위 앞에 이르렀다

산의 속살과 눈인사하는 낮달은 남남으로 만나 서로의 짝이 되고

영원히 아물지 않을 것 같던 상처는 무릎을 흙에 꿇어야만
아무는 법을 가르쳐준다

세상의 찌든 때 벗으려고 알몸으로 너를 맞이한들
침묵으로 답하는 산의 언어

풀피리 불어 꽉 막힌 가슴을 열게 하고 감은 눈도 뜨게 한다

산의 큰 몸에 기대어 무엇을 더 바랄 것인가

영혼의 평화가 외로움과 쓸쓸함도 자유롭게 하느니

아득하게 푸름에 젖고 있는 산은, 나를 메아리처럼
세속으로 돌려세운다

개펄의 미궁

썰물이 지나간 모래사장 입구에는 말랑말랑한 개펄이
아닌, 내 등 같은 단단한 개펄이 산다
그 위를 가만히 올라가보면 신비스러운 구멍들이
올망졸망 군락을 이루고 있다

사는 일이 움직이지 않고는 살 수 없는 일이므로 고개를
내밀어 가만히 보면
구멍과 구멍들은 별무리를 감싸듯 미궁을 잇고 있다

해진 가슴 멍울마다 단단하다
사는 것이 궁금해 내가 한 발자국씩 다가가서 바라보면
다가갈수록 더 깊숙이 사라져버린다

시간을 먹고 사는 일이 죽고 사는 일과 같아서 얻으려고
 하면 사라지고 버리면 상생이 된다

밀물이 들어와 부귀영화로 살아보니 조용한 날 하루도
없고 물 빠진 가난으로 살아보니
뼈저리게 눈물 마른 날 없으므로 좋아도 슬퍼도 이들과
같이 서로 기대고 살 일이다

군불

눈 내린 초가지붕

군불로 따뜻하게 방 지피는

유년 시절의 고향 집에 가고 싶다

부엌 아궁이에 옹기종기 모여앉아

지푸라기 밀어넣으며

정답게 이야기를 나누었던

그리운 모습을 떠올려본다

깊어가는 삼동의 어둔 밤에

사그라지는 불 속에 묻어둔

구수한 고구마처럼

고향 사람들의 정을 생각하면

그동안 쌓인 고통은

눈 녹듯 사라졌다

매캐한 연기가 부엌에 가득해도

슬픔으로 닿지 않는 눈부신

군불의 한때가 있어

착한 밥상

더 정겨운 그 시절
저녁 어스름 길을 가다
한 줄기 여윈 구름 같이
모락모락 연기가 올라오면
어린 시절의 고향이 생각난다

어머니의 바다

흰 수건을 두른 어머니가 너울너울 바다를 건너오네
별들이 자리를 비운 동안만 잠들 수 있는 그 고단함으로
자식을 건사했네
기타 선율 같은 물결 위에 심장에 가까운 울림이 찾아올 때면
삶의 무거운 짐, 잠시 쉬어가느라 바위에 세차게 부딪히며
노래를 부르시던 어머니
멍울지는 마음 언저리를 쥐고 후생의 탑을 쌓는 어머니
진실로 살아온 세월은 몸에서 다 빠져 떠밀려가고 앙상한 뼈만
드러났을 때
어머니는 하늘의 빈 자리에 푸른 별이 되어 조용히 떠오르셨네

산나물 향기

제 몸에 기를 쌓는 일은 바람이 휘몰아쳐 왔다가
산산이 부서지는 조각으로 스미는 일이다

한 번 내어주고 들이는
일이 고작 허공에 떨어지는 뜬금없는 우박과 같아서
슬프도록 환해진다

등고선을 탄
이팝나무는 하품하다
쌀밥 튀겨져 나와
하얀 이 내세우고
물오른 산나물은 도란도란
아낙네들 이야기를 꺼낸다

톡톡 불어터진 제 살 위에 고봉밥 올리는

낮음의 미덕을 버리고 높은 곳에서만 고개를 든 두릅은
하얀 진액의 눈물을 흘리며
자신의 목숨을 내어 주고도

향기의 내막을 감추고 있다

대가족을 이룬 천년의 향기를
내 안에 들여
드문드문 표정을 묻고 물이 고인 곳
막힌 곳을 찾아
바람 따라 향기 따라 흐른다

제몸에 썩지 않는 고인 물을 들여 발아하기까지는
어둠의 살을 발라
길을 내고
향기의 층계를 높여
인연이 닿는 곳에 터를 잡았다

산을 넘고 또 산을 넘어야
살아남는 법을 배웠을까
한쪽이 막히면
또 다른 한쪽이 열리는 것이라고
죽으란 법은 없다고 외치며
다 풀어 가라고 길을 연다

한 세대가 가고 한
세대가 통째로 오고 있다

착한 밥상

구절초 삽화

생의 한복판에서

한 고비를 넘길 때마다 펼쳐지는 꽃구름

밤이면 더 크게 울부짖었고 귓가에 맴돌며 구절구절

애를 태웠다

한번 들어오면 나가지 못하는 출구이기에

살아도 살지 못했고

죽어도 죽지 못했다

고랑 따라 김을 맨 어머니의 그림자

깊이 쌓이는 검은빛 살결, 햇빛 들어 조용한 날보다

바람 들어 통증이 많은 날들이었기에 허기진 배가 주름지다

깊이도 모른 채 물을 건넜을 때

차오르는 막다른 인연 같은 생의 마디

화사한 오월을 지나 무르익은 구월에 당도하기까지는

한 번 호명할 때마다 물결은 격하게 후려쳤다

구절구절 넘어온 꽃향기가

어머니의 노랫소리에 해진 옷깃을 들추며 살이 닿았다

아홉 마디 고개를 넘기고 누구나 건너야만 만날 수 있는

인연의 자리에 꽃의 언어가 뭉실뭉실 문장을 이룬다

석화를 까다

바다의 눈물이 고스란히 담겨 있다

녹록지 않던 시절에
우윳빛 표정이
찰진 묵음처럼 침묵이 되었다

그 속에 묻힌 누대가
말랑말랑한 시간을 꿈꾼다

바람만 불어도
물살만 쳐도
깜짝깜짝 놀란 버릇이
천천히 늑골에서 흘러내렸다

파란 파도는 날것의 설렘을 주었지만
떠나온 곳을 잃은 후에는
세파에 앓아눕도록 휩쓸렸고
견디는 외로움만이

🌾 착한 밥상

낯선 그리움처럼 부유했다
새파란 하늘도
오색 물감 흩트려놓은 산도 시간의 또 다른 표정 같아서
아픔으로 빚어낸 모든 것이 층위를 쌓는다

빈틈없이 움켜쥐는 그리움의 간격
펄 속에 머리를 두고 하늘을 받드니
돌문이 열리고 꽃이 핀다

살아내는 일이 이와 같아서
내 속에 말랑말랑한
슬픔의 통증을 묻고
더는 빠져나가지 못하도록 단단한
향기의 빗장을 지른다

살이 패인 마디마디마다 파란 울음이 가득 찼고
앙상한 뼈마디에는 세찬 바람이 들락거렸다

은빛 물결 가득 찰 때면
생의 빛줄기 부여잡고
빈틈 하나 없는 곳에서
흩어진 행려의 날을 무릎 안쪽으로 구겨넣었다

손이 찢기고 피멍이 들고 부르터야
고단한 삶의 허리와 관절이 풀리더니
껍질 속의 화첩에 피가 돌아 꽃으로 피어났다

먼지라는 이름으로

오래된 가게의 추억을 씻어 내립니다
그 속에 혼을 불어넣고 마침표를 찍으니 회상이 연기처럼
일어납니다

파도 소리가 들리고 눈꺼풀에 서리가 내리고 폭음이 터져
짐승 소리와 새소리가 빠져나갑니다

버려진 듯 떠도는 뜨거운 상념들이
폐부 속에 들어가 꿈틀거리다 재채기로 빠져나옵니다

죽어도 죽지 않았습니다
살아도 살지 않았습니다
절규가 쌓인 침묵 안의 난해함입니다

타락한 공간 속에 더는 타락할 수 없어
질서도 없이 추락에 추락을 거듭하는 바람 같은
열반입니다

낯선 파도처럼 일어났다 사라지는
이 모든 것들에 내 것은 없습니다

정전처럼 따끔거리는 먼지처럼
지상 어느 틈서리로 부유하다
내 안의 섬을 이룹니다

착한 밥상

장독대 2

어제의 눈물이 오늘의 아침을 우려냅니다

오래된 포도주가 고추장을 만나면
천생연분이 됩니다
맞지 않는다고 내치지 않았습니다
가슴으로 품어 안아 발효된 사랑입니다

눈물의 뿌리엔
새까만 숯덩이가 있어
마음을 정화시킵니다

오랫동안 품고 살아서 어디든 내놓아도 손색이 없듯
요리사의 숙명인
차가운 물과 칼과 불 위의 뜨거운
가슴의 재단이 있습니다

밥상 위에 오르기까지는
하루에도 수십 번 가슴을 열고 닫아

눈물로 삼켜야 했습니다

절이고 애가 타야 시심도 깊어지고
삶의 질곡마다 아프지 않은 곳이 없듯이
맛의 성지인 장독대가 그립습니다

착한 밥상

텃골에서*

잠 못 드는 곳에서 새벽은 먼저 깨어나고
숫구치듯 기립하여 외돌아든 꿈자리
한 무리의 억새들이 꼿꼿이 목을 세웠다

어미 잃은 새는 산꼭대기까지 배회하다 날아가고
외마디 비명도 없이 평화롭게 핀 꽃들은
제 발밑에 향기를 거침없이 토해냈다

한 발짝도 뒷걸음칠 수 없는 생의 변곡점에
민낯을 후려치는 회오리는 숨어 있었다

시간의 외벽을 기어오르는 태양이
하늘 가볍게 하루를 마감할 때면
사무치는 뼛속까지 따뜻한 혈흔이 흘러내렸다

쓸쓸한 발걸음조차 무풍으로 읽히는 날
대지의 열린 틈마다 파릇한 풀들이 다급하게 돌아왔다
뜨거운 한 때를 견딘 시간의 편도를 따라
연대기적 슬픔이 서로 맞물리고 있다

*텃골 : 경기도 광주시 중대동

4부 / 일상에서 느끼다

그릇

어둠의 껍질을 벗겨내면
아무 힘없이 겹겹으로 무심코 박혀버린 것들에
대해 골똘히 생각해 봅니다
울림이 들어 있거나 종소리가 들어 있거나
꽃잎 소리 잠들어 있거나 각각의 자태 속에 숨을 쉽니다

생의 난간에서
심장을 곤두박질쳐도
깨지지 않고 살아남는 것들을 위해
닦고 닦아서 빛을 내면 한 잎 한 잎 쌓아지는 광채가
꽃잎이되고
온기가 되어 식솔이 됩니다

작아졌던 내가 그 빛 속에서 나오네요
협곡이 만든 외지가 구비를 만들어
땅과 하늘의 계단을 잇듯

🌾 착한 밥상

잠시 웅크렸던 발목은

멀리뛰기 위함의

간절한 소망이었으리

뱃속을 파고드는 기운으로 기다리다

부르면 달려가서 한 그릇

쏟아내는 부유의 마음

어둠 속에서 그릇의 파열을 골똘히 생각합니다

삼복더위

삶의 중심으로 걸어 들어가지 못했다
손가락으로 가슴을 파면 마모된 시간들이 엉켜 있을 뿐
늑골 사이로 떠올랐다 가라앉은 버드나무가
허리를 질근 동여매며
질척해진 여름을 늘어뜨렸다

폭염이 몸 바깥으로 드러나는 정강이뼈 같다
두들겨 맞으면 통증이 바로 살로 스며들지 못하고
마른 뼈를 울리듯이
저, 동물적인 앙탈

잔뜩 웅크린 화기火氣에 속이 곯아버린 참외처럼
나는 버려졌다

아직, 다른 여백은 없다

🌾 착한 밥상

도라지꽃

밤새 비바람이 불어
보랏빛 고운 얼굴에 상처가 나진 않았는지요
밤이 지나가기만을 기다리다
깜박 잠이 들면
늦었다고 햇살을 머리에 이고 있는 너를 맞이한다

강물은 말없이 흘러도 깊이를 알 수가 없고
인간의 마음 또한 그 깊이를 알 수가 없는데
어찌 너의 자태만 보고 땅의 깊이를 담고 있는
큰 뜻을 다 알리요

내 살을 파내어
너의 아픈 곳을 메울 수 있다면 하늘도 감복할 텐데
육체로도 다하지 못한 은혜가 있다면
눈 감아 영원히 아프지 않을 사랑으로 감싸주고
곪아서 터진 상처라도
내 몸 기꺼이 바쳐 안아주리라

5부

참 좋다

늪

따스한 햇볕이 몸을 여는 날

땅으로 접어드는 어둠의 숲에서 눈물의 상처를 읽는다

몸부림칠수록 빠져드는 마음의 진흙

지푸라기라도 잡고 싶은 심정으로 생의 끝자락과
씨름할 때 희망은 위태했다

허우적거릴수록 날갯짓은 고되기만 하고 차가운 체온이
발끝에서 몰려온다

처절하게 휘청거리는 내 심장은 삶의 끝에서 벌떡거리기를
여러 번

시간은 일촌광음으로 흐르고 더는 내려갈 곳이 없어 손이
바르르 떨리고 맥이 빠졌다

착한 밥상

그 깊이를 몰라 빠질 것도 없는 인생인데

어느 순간

바닥에서 진흙의 뼈가 솟구치고 있었다

내 마음은 창공의 햇살에 들고 어둠에서 올곧이 나를 들어
올리는데

타협

팔팔 끓는 냄비 속으로
코다리를 넣습니다
서로를 다독이며
깊은 맛을 내기 위해
먼 항해를 합니다

나를 몰아치지는 말아요
다그치지도 말아요
너무 느려도 안됩니다
그렇다고 방치하면 더 큰일 납니다
적절한 시기가 중요하니 코다리의 표정을 읽어내세요

그렇지 않으면 감정에 따라
그냥 헤지게 무너져버린 것도
꽃피우는 일도 순간이기 때문입니다

화가 들어 있지 않은 생은 없기에
빛의 터널을 지나는 시간마다

알맞은 온도로
말랑말랑한 속살을 위하여
문이란 문은 다 열어주세요

하늘과 마주 닿는 지점에서 검은 구름의 옷을 입고

각기 다른 계절 속으로 들어간
향기의 입자들이
테이블을 가득 메우죠

내 안에서
물과 불과 온도가 잘 섞여
세박자로 한 호흡이 되고
화음이 이루어질 때
새롭게 태어나는 발걸음은 가볍고
고귀한 미각이 살아나기 때문입니다

샛별

저 하늘에 외로운 별도 있으리니

외로운 물새 한 마리 하늘의 품에 안긴다

스르르 감겨오는 하늘 소리에 내 가슴은 젖어들고

감미로운 자태에 빠져들고야 마는

그 외로운 자리마다 파란 등 내건다

여느 가슴이 너만큼 넓고 풍만하랴

꽃물 오르는 시간이 길다

그 많은 시련 부풀고서야 눈을 뜨니

파란 하늘이 구름떼 처럼 미소 짓는다

물의 체온

바람이 옆구리를 톡톡 치네요

평소의 습관이 그렇습니다

간혹 오래된 습관에는 울음이 접혀 있다고 그러죠

물에도 가시가 돋는다는 말을 들어보셨나요

세수를 하거나 목욕할 때 피부가 까슬까슬하다는

느낌을 받은 적 있죠

우리가 고슴도치처럼 가시로 몸을 둘둘 마는 시기에

습한 그늘을 만졌기 때문입니다

그러니 당신 피부는 아무런 문제가 없어요

물비늘이 창문에 흰 이끼를 심고 있어요

수맥을 찾아헤매는 물의 뿌리가 보이죠

물의 언저리 아래로 오늘따라 하늘이 깊습니다

고여 있는 수평의 시간을 호수라 이름하죠

슬플 수 있는 여력이 있을 때 호수를 바라본 적이 있나요

당신이 바라본 그것은, 구름이 쓰다만 낡은 표정이에요

살아온 뒤끝으로 물의 평등함을 배우고 있습니다

정직한 물길에 대해

반드시 섞여야 하는 운명에 대해

건기의 끝물을 모두 소진할 때까지

마지막 말을 하렵니다

당신도 섞임에 대해 진지하게 생각해보세요

그렇다고 누구를 편애하는 것은 금물입니다

안개가 피는 아침과

풀벌레가 울기까지 저녁은 너무 멀어요

꼭 한 번은 당신의 목숨을 지나가야 하겠기에

당신을 괄호 속에 밀어넣어요

각기 다른 몸이 하나의 시간으로 뭉치네요

오늘의 좌표는 돌아가지 못하는 이정표입니다

사랑을 다 이루지 못했거든 끝까지 외우지 못하는

노래를 불러보세요

눈을 감아도 보이는 당신의 슬픔이

당신의 체온이 되고 있습니다

이제, 도돌이표는 생략해요

감출 수 없는 눈물의 뿌리

매서운 겨울바람에 익숙해지기까지는
햇빛도 어둠도 비틀거렸다
넘어질 때마다 하나씩
돋아나는 뼈마디는
완벽하게 강도를 더해갔다
무게 중심을 위해 평형수를 넣고
항해하는 배처럼
흔들릴수록 온몸에 전류가 흘렀다
단단해지기 위한 삶의 여정 속에는
물컹한 감정이 출렁거렸다
바람과 물결과 동행하지 않으면
생사의 갈림길이 되기도 했다
정감과 오감은 때로 눈물의 길을 트고
상처가 곪아 벌겋게 부풀어오를 때마다
쿨럭쿨럭 신음을 뱉어냈다
파랑의 기억을 주저앉히는 날이면
한 뼘씩 뻗어나는 눈물의 뿌리

아픔이 있는 곳에
성스러움으로 가득찬 별이 되기 위해
나는 가끔 멀리서 울곤 했다

약초 상회

구름이 집을 짓는다

햇빛과 비로

땅의 자양분을 만들고

산의 진열장엔 온갖 약초들이

계곡의 다리를 건너

바람의 풀피리로 수를 놓는다

한가로이 노니는 저 새는

녹음의 머리 위에 앉았다

서성이다 낙인이 찍힌

잔대 얼굴은 새똥으로 영수증을 발행하고

취나물 삽주 고비 곰취나물

옆에서 하늘이 춤을 춘다

자유롭게 피어난다는 것은

수많은 흔들림이 있었으리니

거대한 집채는 푸른 하늘에 창을 달고

품에 안은 방대산 계곡물은

약초 향기 풀어내어

구름의 집에 불을 지핀다

기지개를 켠다
온몸이 쑤신 자리에
약초 향기 가득하다
힐링이다

시계

먼 길을 돌아 제자리로 돌아오기까지

나는 사라지고 있습니다

빙그르르 회전하여

안으로 끌어안는 중심에 누가 있을까요

아무도 태우지 않는 버스는 지나가고

가로등은 밤의 기울기에 기대 있네요

정류장에서 버스를 기다리듯

시계는 나를 기다려요

누구를 보내고

누구를 기다린다는 것은

내게는 사소한 절망에 속하죠

시계는 무표정의 기억인가요

반절을 돌아 낮을 내어놓고

반절을 돌아 밤으로 돌아가죠

시간이 세월로 굳어가는 나이테

나는 멀어지고

떠난 사람은 다시 돌아옵니다

저 바다와 저 산이 시인을 키워냈다

이승하 시인 · 중앙대 교수

이 땅의 시인 중 이력이 특이한 분을 꼽자면 여러 사람을 들 수 있겠지만 주식회사 '쭈소반' 과 '좋은 농부들' 의 대표가 시인으로 등단했고 시집을 내게 되었으니 참으로 특이한 경우가 아닐 수 없다. 오스트리아의 작곡가 주페의 오페레타 〈시인과 농부〉가 생각나는데, 김맹선 시인의 경우 '시인과 요리사' 라고 해야 할까. 요식업체 종사자라는 말을 쓰기도 하지만 식재료를 갖고 음식을 만들어 손님에게 제공하는 것이 직업인 사람을 우리는 조리사, 요리사, 주방장, 음식점 대표 등으로 부르고 있다. 요즈음에는 쉐프나 쿡이라고 부르기도 한다.

해설자는 '시인과 무엇' 이라 부르지 않고 이 글에서는 김맹선 시인이라고만 부를 것이다. 2015년에 공모전에 출품, 문학상을 받으며 등단했는데 2017년에 받은 방송대학교의 수용문학상은 전국

방송대 학생들이 선망하는 문학상으로서 큰 상이다. 이 상을 받았다는 것은 뒤늦게 학업을 닦은 시인에게는 더 없이 소중한 일이다. 무슨 사연으로 공부할 때를 놓쳤으나 만학도로서 방송대 학생이 된 모양이다. 시집의 제목을 《착한 밥상》이라고 한 이유가 궁금하다. '착한'이라는 형용사가 요즈음 여러 뜻으로 변주되고 있기 때문이다. 일단 제일 앞머리에 놓여 있는 시부터 보자.

아직 캄캄한 새벽
좁은 문틈 사이로 지나다니는 지게차가
전조등도 없이 바람을 일으킨다

각지에서 모여든 농수산물
어느새 새파랗게 어둠을 밝히고 있다
싸고 좋은 물건을 사려는 촉은
순간을지배하고
여기저기 사람들이 운집해 있다

〈가락시장에서〉 전반부

시내 유수 음식점에서 메뉴를 책임지는 사람이 해야 할 중요한 일이 새벽에 가락시장에 가서 싱싱한 식재료를 사오는 것이다. 이 일을 하는 데 성실성은 기본이요, 무엇보다 중요한 것은 손님의 입맛을 돋우는 식재료를 구입하는 일이다. 늦게까지 일하고 지쳐 잠이 들었을지라도 꼭두새벽에 가락시장에 가야만 하는 것이다.

이윽고 "기운이 넘쳐나는 새벽시장"이 전개된다.

경매는 시작되고
암호 같은 손짓이 먹이를 쪼는 새들처럼 분주하다
기운이 넘쳐나는 새벽시장
이슬에 눈을 뜨는 목소리로
산지의 물건들은
가슴을 졸인다

한바탕 회오리가 지나가듯
그 많던 사람들이 사라지고
바람에 목덜미를 맡긴 농수산물만
다시 어디론가 떠나려고 들썩이고 있다

〈가락시장에서〉 전반부

여기서는 농수산물이 의인화되어 있다. 제일 좋고 싱싱한 것들
이 먼저 팔려나간 뒤, 그 다음 차례를 기다리는 물건들이 가슴을
졸이고 있다. 농부가 애써 생산한 것은 누군가에게 팔려서 음식으
로 만들어져야만 그것이 거래된 이유가 분명해진다. 이제 재료가
마련되었으니 요리를 해야 한다.

손이 베고 손등에 화상을 입으면서
다져진 감각

착한 밥상

옷은 땀에 젖고 몸은 뜨거워 불덩이가 됩니다
그 열기 속에
피어나는 요리는 오감을 자극합니다

한 시절 푸르게 타올라
떨어지는 낙엽처럼
높이 치솟아 떨어지는 눈물은
어느 곳에서나 귀중한 소금이 됩니다

내 모든 정성을 털어내니
맛을 보지 않아도
딱 맞게 맛이 납니다

〈즐거운 요리〉 전반부

    제목과 달리, 조리하는 과정은 "손이 베고 손등에 화상을 입으면서/ 다져진 감각/ 옷은 땀에 젖고 몸은 뜨거워 불덩이가" 된다고 하니 괴로운 요리하기이다. 손님은 주방에서 만들어져 나온 음식을 먹으며 맛이 있네 없네 칭찬도 하고 타박도 하겠지만 그 과정에서 조리사는 이와 같이 갖은 고초를 다 겪는다. 시인은 떨어지는 눈물이 귀중한 소금이 된다고 한다. "내 모든 정성을 털어내" 어 만든 요리이기 때문에 "맛을 보지 않아도 / 딱 맞게 맛이 난"다고 한다. 자, 이제 표제시를 보자.

끼니를 차리는 것이
긴 여행의 동반자였는지 모른다

쉴 틈 없이 쓴맛을 단맛으로 바꿔야 했던
지난 여정에서
오직 멈추지 않고 밥상을 차리는 것만이 희망의 불씨였다

가난한 머슴 밥상에서
화려한 황제의 밥상까지
나는 얼마나 많은 피눈물을 받아내고
여기에 이르렀는지

〈착한 밥상〉 전반부

삼시 세 끼 밥 안 먹고 사는 사람이 있는가. 대한민국 사람이면
빵으로 아침을 먹는다고 하더라도 한 끼는 밥을 먹는 법이다. 식
탁에 밥과 반찬이 놓이려면 농부가 농사를 지어야 하고 요리하는
사람이 일일이 깎고 다듬고 무치고 버무리고 간을 보고 깨소금을
넣고……. 빵에 잼을 발라 우유를 마시며 먹는 서양식 식사와는
차원이 다르다. 시인은 밥상 차리기가 "쉴 틈 없이 쓴맛을 단맛으
로 바꿔야" 하는 행위였고, "멈추지 않고 밥상을 차리는 것만이 희
망의 불씨"였다고 한다. 단순히 끼니를 때우는 것이 아니었다. 한
끼 밥상을 차리는 행위 자체가 얼마나 경건한 구도 행위였는지 알
수 있을 것 같다.

🌾 착한 밥상

옛사람들은 차례 지내는 것을 대단히 중요하게 생각했는데, 상다리가 휘어지게 준비하는 것이 능사가 아니라 음식 하나하나에 들이는 정성이 중요하다고 생각했다. 음식을 준비하는 이가 "가난한 머슴 밥상에서/ 화려한 황제의 밥상까지", "얼마나 많은 피눈물을 받아" 냈는지 모른다고 한다. 가난한 머슴의 밥상에는 먹을 것이 변변치 않아서 그 아내가 피눈물을 흘렸을 것이며, 화려한 황제의 밥상은 준비 과정이 힘들어 피눈물을 흘렸을 것이다. 드라마 〈대장금〉을 보면 나라의 한 부서가 '수랏상' 만드는 일에 골몰한다. 시의 후반부에 시인의 인생 철학이 나온다.

가슴속의 참한 정성과 오롯한 마음 하나로
팔도강산의 건강한 밥상을 차리고 싶었다

화려하지 않아도 공평한 신분으로
새벽이슬을 품은 야채가 식탁에 봉긋하게 차려지고
옹골지게 겨울을 견딘 냉이가 밥상에 오른다

상처 깊은 땅에도 치유의 시간은 필요하듯
사계절을 골고루 담아 오장육부의 빗장을 여는 일

보약 중의 보약
착한 밥상

〈착한 밥상〉 후반부

왜 지금까지 '이 일'을 해왔는지, 그 이유가 위의 시 4개 연에 고스란히 나와 있다. 머슴과 황제가 같은 밥상을 받을 수 있다. 그 럼으로써 반상班常의 차별을 극복할 수 있는 것이다. "화려하지 않아도 공평한 신분으로 / 새벽이슬을 품은 야채"와 이 땅의 겨울 을 옹골지게 견딘 냉이를 머슴과 황제, 빈자와 부자, 상류층과 서 민층이 고루 먹게 하고 싶은 마음이 김맹선 시인을 지금껏 주방에 서 살게 하였다. "참한 정성과 오롯한 마음 하나로 / 팔도강산의 건 강한 밥상", 바로 "보약 중의 보약"인 "착한 밥상"을 차려온 시인의 지난날의 삶을 엿볼 수 있는 시편이다. 거창하게 말하면 만민평등 의 사상이고 상식적인 말로 하면 민주주의가 바로 여기에 있는 것 이다. 우리가 흔히 하는 말 중에 '다 먹자고 하는 것이 아니냐', '금상산도 식후경이다'가 있다. 먹는 일이 대수롭지 않은 일이 아 니고 그만큼 소중하다는 뜻이다. 음식을 열심히 만들다 시를 쓸 생각을 하게 된 이유를 밝힌 시가 있다.

어떤 계절은 향긋한 나물이 된다

계절마다 입맛 돋우는 맛과 색을 담아
각기 다른 성품 하나둘씩 한곳에 넣어 버무린다

혈색이 돌고 돌아
색다른 옷을 입는다

착한 밥상

어머니의 가르침이 묻어나는 시간

봄나물로 한 움큼씩 피어난다

육지와 바다의 감정이 쌓인다

잘 버무려진 오후가 저녁노을을 한 입 베어 물었다

요리를 하다 보니 요리가 시가 되고

시가 요리된다

시집살이가 詩집살이가된다

〈詩를 요리하다〉 전문

　봄이 되면 달래, 냉이, 씀바귀, 쑥 등 봄나물이 산야에 돋아난다. 그것들을 뜯어와서 반찬으로 만드는 것을 이 시의 화자는 어머니에게 배웠다. 결혼 이후에는 시어머니한테 그 집의 요리 법도를 배워 나갔으리라. 바다에서 나는 해초와 생선 등 해산물을 재료로 하여 봄의 밥상을 더욱더 풍성하게 할 수 있으리라. 요리사는 재료를 갖고서 손질을 하고 조리를 하고 양념을 넣어 우리의 입맛에 맞는 음식으로 변용시키는 존재, 즉 유에서 유를 만드는 존재다. 그런데 시인은 어떤가. "육지와 바다의 감정이 쌓인다 / 잘 버무려진 오후가 저녁노을을 한 입 베어 물었다"고 표현하니 무에서 유를 창조해내는 창조주가 되는 것이다. 이 희한한 세계, 다시 말해 "요리를 하다 보니 요리가 시가 되고 / 시가 요리되"는 희한한 세계를 접하게 되었던 것이다. "시집살이가 詩집살이가 된다"고 했으니, 매일 요리를 하던 시집살이에서 시를 쓰는 '詩집살이'가 되었다. 시를 썼고, 투고를 했고, 시인이 되었다. 들풀을 재료로 음식을 만들던 김맹선 며느리가 언어를 소재로 시를 쓰는 김맹선 시인이 되었다. 시인이 된 이후 본인의 장점을 살려 〈그릇 진달래 화전〉, 〈뜸들이기〉, 〈김밥 송이〉, 〈양파를 까면서〉, 〈대파를 갈아 엎다〉, 〈산나물 향기〉, 〈석화를 까다〉, 〈장독대〉 같은 시를 쓴다. 편편의 시가 다 특유의 시각으로 예리하게 관찰하고 섬세하게 묘사한다. 음식을 직접 하는 사람만이 감지할 수 있는 감식안과 감수성으로 시를 멋지게 요리해내고 있다. 그런데 이 시집의 또 다른 특징은 바다와 섬 이야기가 많다는 것이다. 전남 무안 태생인 시인은 바닷가에서 자라났기에 그 언저리의 풍광과 풍습 그리기에 일가견이 있다.

흰 수건을 두른 어머니가 너울너울 바다를 건너오네
별들이 자리를 비운 동안만 잠들 수 있는 그 고단함으로 자식을 건사했네
기타 선율 같은 물결 위에 심장에 가까운 울림이 찾아올 때면
삶의 무거운 짐, 잠시 쉬어가느라 바위에 세차게 부딪히며
노래를 부르시던 어머니 멍울지는 마음 언저리를 쥐고
후생의 탑을 쌓는 어머니 진실로 살아온 세월은
몸에서 다 빠져 떠밀려가고 앙상한 뼈만 드러났을 때
어머니는 하늘의 빈자리에 푸른 별이 되어 조용히 떠오르셨네
〈어머니의 바다〉 전문

착한 밥상

시인에게 어머니는 바다와 동일시된다. 파도처럼 고요하지 않은 험한 삶, 노동을 해야지만 먹고사는 것이 해결되는 고단한 삶이었음을 짐작할 수 있다. 남자가 고깃배를 타고 바다로 나가면 여자는 집에서 빨래하고 밥맛 짓는가? 시인은 "별들이 자리를 비운 동안만 잠들 수 있는 그 고단함"이라고 어머니의 처지를 표현한다. "삶의 무거운 짐"을 내려놓을 수 없어 "바위에 세차게 부딪히며 / 노래를 부르시던 어머니"였다. 그 어머니의 노동은 죽어서야 끝이 났다. 이 세상에 안 계신 어머니의 흔적을 찾으려면 갯벌로 가면 된다.

어머니의 젖가슴을 찾아 갯벌을 핥고 싶어요
바람이 들락거리며 터를 만들면
대나무 섬이 나를 유혹하죠
젖 줄기 뿌리가 섬 깊숙이 박혀 있습니다
갯벌 범벅이 되어 끝도 없는 절규를 지를 때
절망도 꽃이 된다는 말 들어보셨나요
허공을 한 번도 안아본 적 없는
절벽 같은 가슴도 물컹한 탑을 쌓아요
모천을 찾아 헤매는 슬픈 전설 같은
사랑도 오늘이 마지막이라 생각이 될 때
새파란 달빛에 떠밀려가도 미치도록 사무치는 물줄기는
나를 강하게 만드는 힘의 원천이었다는 것을
때늦은 여름이 지나고서야 알았습니다

〈몸이 문장이다〉 부분

이 시의 대나무 섬은 전남 무안군 해제 앞바다에 있는 대나무가 많은 섬을 가리킨다. 시인은 "젖줄기의 뿌리가 섬에 깊숙이 박혀" 있다고 했다. 언제나 일을 하고 있었기에 이 시 속의 어머니는 아이를 제대로 봐줄 수 없었다. 아이를 키워준 것은 바다요 갯벌이요 바람이요 파도였다. 조개였고 게였다. "새파란 달빛"이었고 "미치도록 사무치는 물줄기"였다. 바다와 갯벌의 모든 것들이 어린 김맹선의 몸을 키워주었고 맹선은 커서 시인이 되었다. 몸이 곧 문장인 시를 쓰는 시인이. 무안군 매안 앞바다의 작은 섬인 머섬은 시인을 키워준 어머니 같은 섬이다.

외로움 한 덩어리만 하다

발목을 개펄에 깊게 묻고

바닷물이 울타리를 치고 있어서 쉽게 접근하지 못하는 섬이다

스멀스멀 내 유년의 기억들이 살아나

바라만 봐도 힘이 불끈 솟는 곳

모든 것을 받아주는 어머니 같다

쓰린 마음 위로 밀물과 썰물이 철썩철썩 살갗을 비비면

차가웠던 냉가슴에 불꽃이 인다

삶의 활력소처럼

몇 달쯤 밥을 먹지 않아도 배가 부를 것 같다

둥근 시간을 쌓듯 머섬을 보랏빛 햇살이 잡아당기면

슬픔도 환희의 웃음으로 나를 설레게 한다

숨죽여 바라보면 흐려지는 실루엣처럼

착한 밥상

어느새 사라지고 없는 살가운 바다
젊은 날의 어머니가 햇덩이처럼 피어 있다

〈머섬〉 전문

　모든 것을 받아주는 어머니 같은 섬, 바로 머섬이다. 시인은 육지에서의 삶에 지칠 때면 섬에 가보는 것이 아닐까. 머섬은 "스멀스멀 내 유년의 기억들이 살아나 / 바라만 봐도 힘이 불끈 솟는 곳"이다. "쓰린 마음 위로 밀물과 썰물이 철썩철썩 살갗을 비비면 / 차가웠던 냉가슴에 불꽃이 인다"고 한다. "바닷물이 울타리를 치고 있어서 쉽게 접근하지 못하는 섬"이 머섬인데 여기에 가면 기운이 솟구친다. "삶의 활력소처럼 / 몇 달쯤 밥을 먹지 않아도 배가 부를 것 같다". "둥근 시간을 쌓듯 머섬을 보랏빛 햇살이 잡아당기면 / 슬픔도 환희의 웃음으로 나를 설레게 한다"는 부분을 보면 그녀는 섬사람이었다. 바닷가 처녀였고 해변의 여인이었다. 어머니가 그랬었다. 눈보라 치는 갯벌에서 손발이 터질 정도로 일만 하다 가신 분, 바로 어머니였다.

　눈보라 치는 갯벌에서 일하시느라 손발이 터져 나가는 어머니의 모습에
　큰오빠는 거금을 기부하여 마을 앞바다에 뱃길을 텄다
　뱃길은 텄으나 한 번도 그 길을 품어보지 못하고 소천하신 어머니
　아침 햇살에 핏줄은 일어서고 밤새 묶여 있던 그리움은 높아만 갔다
　바람이 이는 만큼 가슴은 출렁이고
　인고의 세월을 밀고 당기듯 해변은 그저 철썩이고 있다

해설

비틀거리는 마음도 잡아주며

거센 풍파가 상처를 입혀도 굴하지 않는 자세가 어머니의 힘 같다

인생을 무사히 항해해서 닻을 내리기까지 평생의 기도로 쌓는 인덕

어머니의 모습이 물이랑 되어 내 가슴에 밀려온다

바다를 배경으로 삶의 중심을 일으켜 세운 것이

당신이었음을, 나는 안다

〈닻〉 전문

　"마을 앞바다에 뱃길을 텄다"는 것이 무슨 뜻인지를, 내륙에서 태어나 간고등어와 마른 꽁치, 바싹 구운 갈치밖에 먹어보지 못한 해설자는 모른다. 대학 졸업하고 직장생활하면서 회를 처음 먹어보았다고 하면 사람들은 믿지 않는데, 사실이다. 바람이 이는 만큼 가슴이 출렁인다고 하는데 육지에서도 바람이 세게 불면 시인은 바닷바람이 생각나는가 보다. 그 바람을 맞으며 어머니는 일을 했다. "거센 풍파가 상처를 입혀도 굴하지 않는 자세"가 어머니의 삶에 대한 자세였다. 인생을 무사히 항해해서 닻을 내리기까지 얼마나 힘들었을까. 언제나 "바다를 배경으로 삶의 중심을 일으켜 세운" 어머니의 초상은 시집 여기저기에 산재해 있다. 그럼 아버지는? 아버지가 등장하는 시편이 그렇게 많지는 않지만, 이런 시에는 아버지의 생애가 요약되어 있다.

　만조의 적막한 바닷가

　밤새 해진 자리를 살피고 꿰매어

🌿 착한 밥상

달빛 물결 위로 한 올 한 올 수놓는 손길이 해거름을 친다

원래 아버지는 수영도 잘하지 못하고 물을 무서워하였다

바닷물이 목젖까지 차 올라와도

그 깊이와 그 길을 아시기에 발이 땅에 닿지 않아 떠밀려가도

어두운 그림자로 긴 터널을 건넜다

자식들을 위해 고된 하루를 짊어지고

허기진 힘을 다해 끌어당겼다

대낮에 하는 일과 일몰 후에 하는 일이 다르듯

농부의 여유로움도 없어 어두운 밤에만 짬 내서 후리질을 하였다

〈아버지의 후리질〉 전반부

'후리질'이란, 강이나 바다에 넓게 둘러치고 여러 사람이 큰 그물의 두 끝을 끌어당겨 물고기를 잡는 것을 이르는 말이다. 아버지는 농사도 짓고 후리질도 하셨나 보다. 어두운 밤에만 짬을 내어 후리질을 했다고 하니 밤낮없이 노동을 한 분이었다. "아버지의 고된 노동이 우리의 인생을 알게 하고 / 사람을 알게 하고 자신을 알게 하여 / 환희의 기쁨으로 맞이하게 하였다"고 했다. 흔히 노동을 '고역苦役'이라고 표현하는데 노동의 기쁨도 분명히 있는 것이다. 아버지의 노동이 가족에게 따뜻한 집과 일용할 양식을 제공하니 말이다. "푸드득 뛰는 소리 가족의 웃음소리 / 그것이 세상에서 제일 큰 바다"임을 알게 한 아버지의 후리질이 생각나 이 시를 쓰면서 시인은 아버지 생각에 흠뻑 빠져 있었을 것이다.

이 시집에는 식재료가 워낙 풍성하게 나와 군침이 나오는 경우

가 한두 번이 아니다. "듬성듬성 머리만 살짝 내민 모습이 앙증맞다"고 하면 송이버섯이고, "바다의 눈물이 고스란히 담겨" 있고 "펄 속에 머리를 두고 하늘을 받드"는 것은 석화다. 대체로 시의 소재가 되는 것이 산에서 나는 것이든 바다에서 나는 것이든 생물이다. 사람의 입으로 들어가는 것이 거의 다 생물인 것이다. 그 생물을 다루는 사람이 요리사다. 편편의 시에 촉촉이 배어 있는 사상이 생명존중사상임을 이 시집의 독자는 알아차려야 한다. 지금 우리를 괴롭히고 있는 코로나19 바이러스도 진원지에는 중국인의 동물 학대가 원인으로 자리하고 있다. 광우병, 조류독감이 다 동물들의 반란이 아니고 무엇인가. 제인 구달이 이번 코로나 사태에 대해 이는 분명히, "동물 학대와 자연 경시" 때문이라고 말했다.

우리나라에서는 한 해에 꼭 한 종 이상 농산물을 갈아엎는 풍경이 텔레비전 화면에 펼쳐진다. 양파, 감자, 귤……. 어느 해에는 대파였던 적도 있다.

피와 땀으로 입혀진 옷이 알알이 살결처럼 벗겨질 때
무참히 땅속에 묻혀버린 세상의 아우성

맑은 피를 건네지 못하고 입김만이 하늘을 날고 있다
이 음식 저 음식 넘나들며 누구에나 들어맞는 입맛
오월의 햇살이 몸을 푼다
네 몸이 통째로 땅에 묻히는 날
살결 고운 몸에 흰 울음이 싹을 튼다

〈대파를 갈아엎다〉 후반부

🌱 착한 밥상

농부가 몇날 며칠, 피와 땀으로 키운 대파의 값이 폭락하여 수확하면 손해를 보는 수가 있다. 보통 사람들이야 혀를 차면서 안타까워하다가 금방 잊어버릴 것이다. 하지만 주방에서 요리를 하는 시인은 그 장면이 잊히지 않는다. "네 몸이 통째로 땅에 묻히는 날"이니, 이것도 살처분이라면 살처분이다. 광우병 때는 소를, 구제역 때는 소와 돼지를, 조류독감과 사스 때는 닭과 오리를 엄청나게 살처분하지 않았던가. 14세기에 페스트가 유행할 때는 쥐가 문제였듯이, 우리 인류는 지금 생명존중사상이 희박하기 때문에 이런 고초를 겪고 있는 것인지도 모른다. 그래서 김맹선 씨가 시를 쓰게 되었는지도 모른다.

못다 이룬 낱말들이 쏟아져
퍼즐을 맞추는 내력은 시작되고
모든 색을 털어내고서야 들 수 있는 하얀 소통

견딤과 외로움만이 시를 이루는 일이거니
이 땅에 내리는 눈을 맞으며
죄 하나씩 씻는 밤

〈하얀 시간〉 부분

낮 내내 생물을 삶고 볶고 지졌을 것이다. 데치고 굽고 양념을 넣었을 것이다. 밤이 되어 하얀 종이를 앞에 두고 하얀 시간을 갖고 싶은 것이다. "모든 색을 털어내고서야 들 수 있는 하얀 소통"

을 하기 위해서이다. 지금까지는 음식을 만들어 상을 올리기만 했지만, 이제는 손님과 주인의 관계가 아니라 시인과 독자의 관계에서 소통을 하고 싶다고 솔직히 말하고 있다. 시의 제일 마지막 연을 보니 이것이야말로 김맹선 시인의 인생관과 시론이 아닌가, 여겨진다. 지금까지는 생명을 빼앗으면서 살아왔지만 이제부터는 상생의 길을 모색하리라 다짐하고 있다. 아니, 시로써 보시하리라. 이 땅의 모든 생명체에게.

> 내 살을 파내어
> 너의 아픈 곳을 메울 수 있다면 하늘도 감복할 텐데
> 육체로도 다하지 못한 은혜가 있다면
> 눈 감아 영원히 아프지 않을 사랑으로 감싸주고
> 곪아서 터진 상처라도
> 내 몸 기꺼이 바쳐 안아주리라
>
> 〈도라지꽃〉 후반부

착한 밥상

초판 1쇄 인쇄 2020년 06월 15일
1쇄 발행 2020년 06월 25일

지은이 김맹선
발행인 이용길
발행처 **모아북스**
MOABOOKS

관리 양성인
디자인 이룸

출판등록번호 제 10-1857호
등록일자 1999. 11. 15
등록된 곳 경기도 고양시 일산동구 호수로(백석동) 358-25 동문타워 2차 519호
대표 전화 0505-627-9784
팩스 031-902-5236
홈페이지 www.moabooks.com
이메일 moabooks@hanmail.net
ISBN 979-11-5849-132-1   03810

이 도서의 국립중앙도서관 출판예정도서목록(CIP)은 서지정보유통지원시스템 홈페이지(http://seoji.nl.go.kr)와 국가자료공동목록시스템(http://www.nl.go.kr/kolisnet)에서이용하실 수 있습니다. (CIP제어번호 : CIP2020022414)

모아북스
MOABOOKS 는 독자 여러분의 다양한 원고를 기다리고 있습니다.
(보내실 곳 : moabooks@hanmail.net)

온 가족이 함께 맛있는 음식을 즐길 수 있어요!
눈 여겨 봐주세요.

. . .

약선 요리를 다양하게 맛볼 수 있는 레시피를 제공합니다.

쭈소반(주) | 좋은 농부들(주) | 쭈소반 펜션 | 황토 편백나무 찜질방 | 약초카페

가평 쭈소반 식당 031-584-9003 | 쭈소반 체인 본사 031-584-9097, 9006